[illegible]

A CREUSOT [illegible]

ET

ÉTUDE DES ALLURES

DU

TERRAIN HOUILLER DE DECIZE

SOUS LES TERRAINS DE RECOUVREMENT

PAR

TH. EBRAY,

MEMBRE DE LA SOCIÉTÉ GÉOLOGIQUE DE FRANCE,
ET FONDATEUR DU COMITÉ DE LA PALÉONTOLOGIE FRANÇAISE.

P. B.

NEVERS,
IMPRIMERIE DE P. BÉGAT,
PLACE DE LA MAIRIE.
1863.

SUR LA PRÉSENCE

DE

L'ÉTAGE BATHONIEN

ET DE

L'ÉTAGE BAJOCIEN

A CRUSSOL (Ardèche),

ET

ÉTUDE DES ALLURES

DU

TERRAIN HOUILLER DE DECIZE,

SOUS LES TERRAINS DE RECOUVREMENT,

PAR

TH. EBRAY,

MEMBRE DE LA SOCIÉTÉ GÉOLOGIQUE DE FRANCE,
ET FONDATEUR DU COMITÉ DE LA PALÉONTOLOGIE FRANÇAISE.

NEVERS,
IMPRIMERIE DE P. BÉGAT,
PLACE DE LA MAIRIE.
1863.

Les directeurs de relevés géologiques et de musées, les membres d'académies royales, impériales et nationales, les présidents ou meneurs de sociétés savantes, ont à leur disposition toutes sortes de moyens pour assommer un homme de rien et un pauvre diable comme moi. Eh bien ! qu'ils me tirent dessus à boulets rouges, si cela leur plait; esprit frondeur et ami de la liberté de discussion, j'ai toujours aimé à attaquer ceux qui se servent du pouvoir plutôt pour maintenir leur position et leurs idées, que pour soutenir les véritables progrès de la science.

(Jules MARCOU, *lettres sur les Roches du Jura*, page 314).

La principale objection qu'on a mise en avant pour rejeter d'Orbigny et Deshayes du nombre des élus de l'académie des sciences, est qu'ils sont des faiseurs; comme la grande majorité des membres ne font presque rien, on comprend qu'ils n'aiment pas des faiseurs parmi eux, et de là, l'admission de savants de second ordre de préférence à l'élection d'hommes vraiment supérieurs et connus de tous.

(Jules MARCOU, *lettres sur les Roches du Jura*, page 54).

AVANT-PROPOS.

Quoique la commission du bulletin de la société géologique n'ait pas jugé convenable de publier ces deux notes, je les crois cependant de nature à intéresser la science et l'industrie, et je dois, en vue du progrès scientifique, faire connaître les raisons singulières qui ont été mises en avant par cette commission ; puisse la connaissance de ces raisons modifier, si cela est possible, la fâcheuse tendance des personnes, dont se composent les commissions des sociétés savantes, d'écarter quelquefois les travaux qui ne sont pas en rapport avec leurs publications ou leurs opinions.

La commission du bulletin m'a répondu, entre autres, par l'intermédiaire du secrétaire de la société, qu'elle n'avait pas admis mes notes parce qu'elles n'embrassent pas un ensemble de faits assez généraux, ou ne traitent pas de questions d'une importance suffisante pour pouvoir intéresser la majorité des lecteurs du bulletin ; que néanmoins elle rend justice à mes capacités et à mon zèle pour la science, mais qu'elle est portée à croire que je veux allier deux choses impossibles, l'exécution de travaux industriels importants à des études géologiques très-étendues.

D'un côté, on sait que la question importante de Crussol a motivé la réunion extraordinaire de la société à Valence ; d'un autre côté, que dire d'une commission, qui entre dans la vie privée d'un auteur, au lieu d'examiner la valeur de ses travaux ? Ne sont-ce pas précisément les travaux industriels que je conduis, et qui me font passer tous les instants de ma vie au milieu des déblais et des carrières, qui me permettent d'étudier avec soin ce que d'autres croient apprendre dans les livres, et connaître en enseignant la géologie au milieu des bancs des écoles ? A ce titre-là, ne faudrait-il pas interdire l'étude des zoophites aux conseillers de la cour des comptes, l'étude des spongiaires aux médecins, l'étude des terrains quaternaires aux abbés, et la confection de cartes géologiques aux ingénieurs des ponts-et-chaussées ?

Un abus en amène un autre, et la déconsidération des corps savants, qui seraient bien utiles s'ils étaient animés d'un esprit impartial, arrivera bien vite si le système actuel ne se modifie pas ; pour se convaincre qu'il serait nécessaire que les tendances actuelles de plusieurs corps savants se modifiassent, il suffit de jeter les yeux sur certaines publications (1) dont je suis loin d'approuver la forme, mais qui nous apprennent malheureusement beaucoup de vrai.

Que ceux qui s'occupent de sciences se pénètrent bien que la géologie, qui était enseignée il y a dix ans, n'est plus celle qui s'enseigne aujourd'hui, et que celle qui s'enseigne aujourd'hui n'est pas celle qui s'enseignera dans dix ans.

Le défaut principal de ma note sur Crussol est d'être en contradiction avec les énoncés, d'ailleurs fort peu positifs, de M. d'Archiac, avec la fameuse théorie des oscillations de M. Hébert et avec les résultats obtenus par quelques géologues réunis à Valence.

(1) Voyez page 5.

SUR LA PRÉSENCE

DE LA

GRANDE OOLITHE (ÉTAGE BATHONIEN),

ET DE

L'OOLITHE INFÉRIEURE (ÉTAGE BAJOCIEN),

A CRUSSOL (Ardèche).

Les terrains jurassiques du département de l'Ardèche ont été l'objet d'études géologiques très-nombreuses, et dont les résultats contradictoires indiquent clairement que la constitution anormale de ce département a empêché jusqu'à ce jour, les géologues de se mettre d'accord sur le synchronisme des étages.

Je n'examinerai pas longuement les opinions qui ont été émises sur ces terrains ; je rappelle seulement que M. S. Gras assimila les couches de la montagne de Crussol à l'étage néocomien ; les auteurs de la carte de France les classèrent dans l'oolithe inférieure, et MM. Ewald, Beyrick, Fournet et Thiollière les assimilèrent à l'étage oxfordien qui, suivant ces géologues, reposerait directement sur le lias.

Plus tard, fut publié le texte explicatif de la carte de France, dans lequel les auteurs discutent leur manière de voir.

Ils appuient leur opinion principalement sur la présence de *Possidonies* au-dessus des couches à minerai de fer.

D'un autre côté, M. Elie de Beaumont, se basant sur une note de M. d'Archiac, met en doute la détermination des fossiles de la couche à minerai de fer; ce dernier géologue s'explique en ces termes : (1)

« *Dans toutes les ammonites en nature que je possède et dans celles figurées par les auteurs, il y en a beaucoup de voisines aux ammonites de l'Ardèche que vous m'avez communiquées; mais aucune ne m'a paru réellement identique, et en l'absence de cloisons, il n'est guère possible de se prononcer. Il existe des ammonites de ces formes au-dessus de l'oxford-clay, mais il en existe également au-dessous.* »

Cette impression de M. d'Archiac n'a pas eu d'influence sur les membres de la société géologique réunis en séance extraordinaire à Valence, où l'opinion émise par MM. Fournet et Thiollière fut maintenue, et le judicieux auteur de l'histoire des progrès de la géologie revint lui-même sur sa première impression (2), en admettant les résultats de ces derniers géologues.

Plus tard (3), M. Lory donna de nouveaux renseignements sur les couches de la montagne de Crussol en émettant l'avis :

1° Que les calcaires (*h*) de la coupe de M. Sautier ne représentent ni l'étage bathonien, ni l'étage callovien, et que la séparation qui existe entre ces deux étages dans le bassin anglo-parisien, n'a pas lieu à la montagne de Crussol;

2° Que les grès sublamellaires représentent l'oolithe inférieure;

3° Que les grès moins durs, plus grossiers, sur lesquels ces premiers grès reposent, représentent le lias supérieur.

En examinant les différentes opinions que nous venons de citer, on remarque que M. Elie de Beaumont, tout en s'appuyant sur la paléontologie pour élucider la question, subordonne, au genre *Possidonie*, une série de fossiles, reconnus comme oxfordiens. Cette marche ne me paraît pas parfaitement normale, car il est évident que, si la couche fer-

(1) Explication de la carte géologique de France, tom. II, page 730.

(2) Histoire du progrès de la géologie. Tom. VI, page 470.

(3) Bulletin de la société géologique. Tom. XII, 2me série, page 510 et suiv.

rugineuse de Crussol devait contenir une série de fossiles oxfordiens, la logique exigerait que l'on classât dans l'étage oxfordien les couches contenant ces fossiles caractéristiques, malgré l'existence de *possidonies* à un niveau plus élevé.

Quand on jette d'un autre côté les yeux sur les listes des fossiles contenus dans les couches litigieuses, on remarque quelques discordances non encore signalées dans d'autres localités ; ainsi, on trouve que M. Sautier (1) annonce dans sa couche (*e*) Am. Backeriae, Am. anceps avec Am. plicatilis et Am. lunula ; M. Lory cite dans les calcaires durs (2) (couches *h* de M. Sautier) Am. Backeriae, Am. tatricus, Am. tripartitus, Am. discus, Am. subdiscus; Am. biflexuosus, Am. Parkinsoni, Lima proboscidea : fossiles qui constituent une liste paléontologique à coup sûr fort indigeste.

Mais ce qui a le plus contribué à embrouiller le classement des couches de la montagne de Crussol, c'est que tous les géologues qui visitent cette contrée, oublient que, pour saisir avec précision les superpositions et l'âge des couches d'un pays, il est indispensable de fuir ces études géologiques à grands sauts, si attrayantes et si faciles à exécuter aujourd'hui, puisqu'en quelques heures on est transporté par les chemins de fer d'un bout de la France à l'autre.

Cette géologie saccadée qui consiste à relier par exemple Paris aux Alpes, sans s'inquiéter des localités intermédiaires, conduit toujours à des résultats erronés ou au moins fort incomplets, et nous espérons que les lignes qui vont suivre mettront encore cette vérité en évidence.

Avant d'attaquer la géologie de la montagne de Crussol, il fallait partir d'une localité où tous les étages du système oolithique inférieur sont bien constatés, suivre les affleurements en notant avec soin les modifications qu'ils éprouvent, même dans leurs moindres détails, et arriver, muni de données suffisantes, pour la solution de la difficulté.

C'est ainsi, qu'avant de visiter la montagne de Crussol, nous avons étudié et décrit le système oolithique inférieur du département de la

(1) Bulletin de la société géologique de France. Tom. II, 2me série, page 727.

(2) Loc. cit., page 8.

Nièvre et du Cher (1), ceux de l'Yonne et de la Côte-d'Or (2), des environs de Mâcon (3), du Mont-d'Or (4), de la Verpilière, (5), et c'est seulement après nous être pénétré de cet ensemble, que nous avons osé aborder le terrain jurassique de l'Ardèche.

DU MASSIF JURASSIQUE DE CHATEAUBOURG.

Le massif de Châteaubourg a peu attiré l'attention des géologues. En apparence, il est presque entièrement composé de calcaires lithographiques et marneux, qui occupent le point le plus élevé de la montagne de Crussol. Thiollière mentionna ce petit îlot, lors de la réunion extraordinaire à Valence, et ce géologue exprima l'avis que les calcaires, dont il se compose, correspondent aux couches supérieures de Crussol et reposent immédiatement sur les roches cristallines.

Il est vrai que, vers son extrémité sud, les couches oxfordiennes viennent buter, par suite d'une faille, contre les roches cristallines ; mais il n'en est pas ainsi au nord du massif, et il suffit, pour constater toute l'épaisseur des states, depuis le lias jusqu'aux calcaires lithographiques, de commencer l'étude de ce massif dans les ravins, qui débouchent vis-à-vis de l'extrémité nord du village de *Châteaubourg*.

On rencontre, en effet, au-dessus du granite, des affleurements de grès qui paraissent représenter les grès infraliasiques ; au-dessus de ces grès se rencontrent d'autres grès peu puissants, ayant parfois une fausse apparence de lumachelles, et dans lesquels j'ai constaté la présence de l'ostrea irregularis ; au-dessus se remarquent des couches triturées et bouleversées de calcaires magnésiens sub-caverneux, et une nouvelle série de grès dont les parties supérieures correspondent aux assises qui

(1) Bulletin de la société géologique. Tom. XVIII, 2me série, page 501.

(2) Bulletin, t. XIX, 2me série, page 30.

(3) Tom. XVII, 2me série, page 507.

(4) Tom. XVI, 2me série, réunion extraordinaire à Lyon.

(5) Tom. XX.

ont été classées avec raison par M. Lory dans le lias supérieur; le calcaire à entroques doit aussi être représenté au-dessus de ces dernières assises, car on rencontre dans le ravin des blocs de grès calcarifères et sublamellaires. Entre la partie la plus élevée du lias et la base des calcaires oxfordiens, on rencontre l'affleurement des calcaires bleus de la montagne de Crussol; mais ces couches sont ici très-réduites, probablement par suite des grandes forces de pression et de laminage qui se sont opérées lors de la production de la faille; c'est seulement au-dessus de ces assises que se développe la masse de calcaires et de marnes grises qui occupe la plus grande partie du massif.

Le croquis (fig. 1) donne la disposition des couches de l'îlot jurassique dont nous nous occupons. La classification géologique de ces couches sera discutée plus loin.

DU MASSIF JURASSIQUE DE LA MONTAGNE DE CRUSSOL.

Les points les plus favorables à l'étude sont le ravin d'Enfer pour les couches inférieures, et les environs des carrières de Crussol, vers Saint-Peray, pour les couches supérieures.

Je n'ai rien de nouveau à ajouter aux résultats obtenus par la Société géologique et par M. Lory sur les grès inférieurs, qui reposent sur le granite ou sur le gneiss; je pense cependant que les lumachelles à ostrea irregularis, rencontrées dans le ravin de Châteaubourg, doivent aussi exister dans le ravin d'Enfer. Il est probable que ces couches n'ont pas été détériorées par les actions extérieures et que les grès fossilifères sont devenus par cette raison invisibles.

Comme l'a observé M. Lory, les grès supérieurs contiennent des fossiles qui caractérisent le lias supérieur; j'ai constaté, au-dessus de ces grès, un cordon fort irrégulier et très-mince d'argile ferrugineuse qui occupe la place du minerai de fer supraliasique. Sur cette petite couche affleurent deux bancs assez épais d'un grès sublamellaire et contenant des parties fortement calcaires; ce grès contient quelques fossiles qui caractérisent le calcaire à entroques; j'ai rencontré Am.

Sauzei, et M. Lory cite une ammonite voisine de l'*am. Brognartii*, la *Terebratula perovalis*, la *Rhyn. quadriplicata*.

Au-dessus des grès se remarque un nouveau cordon très-mince, prenant parfois une teinte ferrugineuse et pétri de fragments d'*am. Parkinsoni*; on y trouve aussi quelques moules de *Pleurotomaria* et la *Terebratula Philipsii*. Ce mince cordon est surtout visible dans de petites excavations aujourd'hui abandonnées, situées à l'est des carrières en exploitation, dans les calcaires bleus durs, désignés par la lettre *h* dans la coupe de M. Sautier (1); il correspond, d'après sa position et d'après les quelques fossiles que nous venons de citer, au cordon ferrugineux qui sépare presque partout le calcaire à entroques de la terre à foulon, et qui passe quelquefois, comme à *Lucenay* (Rhône) et comme à *Fourchambault* (Nièvre), à une véritable oolithe ferrugineuse située sur le même horizon que l'oolithe de Bayeux dont elle recèle la faune.

Au-dessus de ce cordon vient une épaisseur, de 4 à 5 mètres, de calcaire bleu très-dur, exploité pour moëllons piqués : ce sont, comme nous l'avons dit, les calcaires *h* de M. Sautier, dans lesquels ce géologue a cru reconnaître *am. coronatus*, *am. Backeriae*, *am. Adelae*, *am. lunula*, et une espèce voisine de l'*am. bifrons*, tandis que M. Lory y cite *am. Backeriae*, *am. tatricus*, *am. tripartitus*, *am. discus*, *am. subdiscus*, *am. biflexuosus*, *am. Parkinsoni*, *Lima proboscidea*.

Il nous est impossible de comprendre comment M. Sautier est arrivé à la composition de sa liste et nous admettons une grande partie de celle de M. Lory. Les calcaires exploités contiennent, en effet, un nombre assez considéracle d'*am. Parkinsoni*; nous y avons aussi rencontré l'*am. discus*, et l'*am. biflexuosus*; mais nous croyons que l'*am. Backeriae* de M. Lory doit être rapporté à l'*am. arbustigerus* que j'ai constaté aussi dans les calcaires bleus et durs de la tranchée de l'Aiguillon (près Nevers), à la partie supérieure de la terre à foulon. On trouve encore dans ces calcaires quelques exemplaires d'*am. discus* dont les carènes sont émoussées et qui ressemblent beaucoup à l'*Am. subdiscus*.

L'*am. tripartibus* de M. Lory doit être rapporté à l'*am. pygmaeus*, de l'oolithe inférieure.

(1) Bulletin de la Soc. géol. Tome XI, 2me série, p. 719.

J'ai rencontré en outre *am. Martinsii* et *am. oolithicus.*

En jetant les yeux sur l'ensemble de cette faune, en songeant à la position stratigraphique de ces calcaires, en tenant même compte de l'aspect minéralogique qui rappelle d'une manière si remarquable les calcaires bleus et durs de la tranchée de l'Aiguillon, près Nevers, on ne saurait mettre ici en doute la présence de l'étage bajocien (sous-étage des couches à *am. Parkinsoni* ou terre à foulon, CIBET).

Ces bancs sont recouverts par une couche de 0,50 à 0,60 de calcaire pétri de magnifiques fucoïdes (1); la partie supérieure de cette assise est rugueuse, usée et quelquefois perforée. C'est sur elle que repose la petite couche ferrugineuse qui a servi de point de départ pour classer dans l'étage oxfordien l'énorme épaisseur de bancs dont se compose la montagne de Crussol.

Quoique cette couche soit très-fossilifère, je remarque que les individus bien conservés sont rares. Mais l'examen attentif d'une série assez complète que j'ai recueillie, me permet d'établir des synchronismes qui ne sont nullement en harmonie avec ceux qui ont été mis en avant par la réunion extraordinaire de Valence.

Les fossiles sur lesquels la société s'est appuyée, sont les suivants :

Am. coronatus, am. macrocephalus, am. Backeriae, am. lunula, Belem. hastatus, B. Sauvanianus ; Rhyn. acasta, Rhyn. quadriplicata, Terebratula bicanaliculata.

Avant de discuter cette liste, je donnerai quelques renseignements sur les couches ferrugineuses qui se rencontrent dans le centre et dans le sud-est de la France depuis l'étage bathonien jusqu'au lias.

Il existe, entre ces limites, dans la Nièvre, dans la Saône-et-Loire et dans le Rhône, deux couches ferrugineuses dont la plus inférieure, essentiellement bajocienne, correspond à l'oolithe de Bayeux, et dont la supérieure paraît faire la transition entre l'étage bajocien et l'étage bathonien.

(1) M. Dumortier a confondu ces fucoïdes avec ceux qui se rencontrent à la base du calcaire à Entroques.

Ces deux couches peuvent facilement s'étudier dans la Nièvre, aux environs de Saint-Benin-d'Azy, où l'on relève la coupe suivante (1) :

1. Calcaire blanc jaunâtre avec *am. bullatus* et *am. arbustigerus* (étage bathonien).

2. Oolithe ferrugineux avec *am. Parkinsoni*, *am. discus*, *am. polymorphus*, *am. arbustigerus*, *am. linguiferus*, *am. Backeriae*, *am. biflexuosus*, *am. subradiatus*, *am. bullatus* (couche transitoire).

3. Lithophages. 4. Bancs marneux avec *am. Parkinsoni.* 5. Oolithe ferrugineuse avec avec *am. Murchisonae*, *am. Humphriesanus*. 6. Calcaire à entroques.	Oolithe inférieure.

J'établis dans ma note sur la composition géologique des environs de Mâcon les superpositions suivantes :

1. Calcaire blanc jaunâtre avec *am. bullatus* et *am. arbustigerus* (grande oolithe).

2. Oolithe ferrugineuse avec *am. Parkinsoni* (couche transitoire).

3. Ciret avec *ostrea acuminata*. 4. Cordon ferrugineux. 5. Calcaire à entroques.	Étage bajocien.

M. de Ferry donna aussi ces superpositions dans son mémoire sur le groupe oolithique inférieur des environs de Mâcon. En dressant la liste des fossiles qu'il a recueillis dans cette contrée, ce géologue mentionne les fossiles suivants dans l'oolithe ferrugineuse supérieure :

Belemnites giganteus *, *Bel. unicanaliculatus* *, *Nautilus lineatus*, *Nau. clausus* *, *Am. subradiatus* *, *Am. interruptus* *, *Am. Martinsii* *, *Am. Humphriesanus*, *Chemnitzia procera* *, *Panopaea Jurassii* *, *Pholadomya spripta* *, *Pholadomya Murchisonae* *, *Ceromya abducta* *, *Trigonia costata* *, *Mytilus reniformis* *, *Hyboclypus gibberulus*, *Collyrites ovalis* *, *Collyrites ringens* * (2).

(1) Le genre ammonites étant surtout abondant à Crussol, nous le prenons plus spécialement comme terme de comparaison.

(2) Les espèces marquées d'un astérique se retrouvent dans la couche à oolithe ferrugineuse d'Isenay, près Vandenesse (Nièvre).

D'après M. de Ferry, l'oolithe ferrugineuse supérieure du Mâconnais serait, contrairement à ce que j'ai vu ailleurs, immédiatement inférieure au niveau des lithophages.

Dans ma note sur la constitution géologique du Mont-d'Or (1) et de ses dépendances, j'ai montré qu'il existe à Lucenay, entre le ciret et le calcaire à entroques, une véritable couche à oolithes ferrugineuses contenant une partie des fossiles de Bayeux ; d'autres géologues, et principalement Thiollière, avaient déjà remarqué le cordon ferrugineux qui sépare le ciret, et la base de la grande aolithe.

Revenons maintenant à la montagne de Crussol où je remarque que la base de l'oolithe inférieure se comporte exactement de la même façon que dans la Nièvre, dans Saône-et-Loire et dans le Rhône, puisque nous avons :

1. Couche ferrugineuse (couche transitoire).	
2. Usure, polissage, perforations.	Étage
3. Calcaires à *Am. Parkinsoni*, *Martinsii*, etc., (ciret) surmonté de fucoïdes.	bajocien.
4. Cordon ferrugineux.	
5. Calcaire à entroques.	

Si j'examine les fossiles caractéristiques de la couche n° 1, je remarque que les belemnites très-nombreux, mais en général fort mal conservés, ont été rapportés par la société géologique au belemnites *hastatus* et au belemnites *Sauvanianus*.

Constatons d'abord qu'il existe à la base de la grande oalithe un belemnite de forme fusoïde très-voisin du belemnite *hastatus*, et que d'Orbigny a nommé *Fleuriausus*. Cette espèce se rencontre dans la Nièvre, dans la Saône-et-Loire, dans la couche ferrugineuse, au-dessus de la terre à foulon; aux environs de La Verpilière, elle est très-abondante dans les carrières de M. Vial, près de Saint-Marcel; c'est ce belemnite que M. de Ferry fait connaître dans la couche à collyrites ringens sous le nom de *unicanaliculatus* (Hart) et que d'Orbigny a rejeté dans la synonime du *Belem. hastatus*.

(1) Bulletin de la société géolo. Tom. XVI, 2me série, réunion extraordinaire, à Lyon.

Cette espèce se distingue assez facilement du *Bel. hastatus* par sa petite taille, par sa forme moins fusoïde, par sa cavité alvéolaire plus courte et par son sillon (1).

Le belemnite de Crussol, quand il n'est pas trop usé, présentant tous les caractères du belem. *Fleuriausus*, je ne puis admettre la présence du *belem. hastatus* dans la couche ferrugineuse.

La deuxième espèce se rapporte au *belemnite Bessinus* qui occupe habituellement cet horizon.

Une des formes les plus abondantes de la couche ferrugineuse, au-dessus des calcaires à *am. Parkinsoni*, est l'espèce qui a été prise jusqu'à ce jour pour l'*am. coronatus*. Ici, l'erreur est manifeste et le paléontologiste, qui a eu entre les mains un certain nombre d'*am. coronatus* et d'*am. linguiferus*, s'aperçoit immédiatement que les individus de Crussol doivent être rapportés à cette dernière espèce.

En effet, ces deux ammonites sont faciles à distinguer, car l'*am. linguiferus*, tout en ayant les côtes dorsales plus serrées, possède une série de côtes ombilicales très-régulières qui n'existent qu'à l'état rudimentaire dans l'*am. coronatus;* le facies général de ces deux espèces diffère en outre complètement.

Nous sommes d'accord avec M. Lory sur la présence des *am. discus* et *am. subdiscus;* cette dernière, quoique caractérisant la grande oolithe, occupe ailleurs un niveau un plus élevé, et comme les échantillons que je possède sont usés, cette détermination peut rester douteuse, car ils pourraient bien n'être que des individus usés de l'*am. Truellei.*

Nous admettons encore, avec M. Lory, l'*am. biflexuosus* qui caractérise la grande oolithe, et celle de l'*am. hecticus* qui descend, comme on le sait, dans l'étage bathonien.

J'arrive à l'espèce renflée qui a été assimilée par la société géologique à l'*am. macrocepalus;* par M. Lory à l'*am. tumidus*, et je commence par remarquer que l'*am. macrocephalus* a été rencontré par moi dans la

(1) Il faut se garder de prendre comme terme de comparaison, pour le sillon des individus usés, car dans ce cas, le premier se raccourcit.

couche fossilifère de Pougues, avec ***Mytilus Sowerbyanus*, *Collyrites ovalis*, *Nucleolites clunicularis***, à la base du bradford-clay.

Mais l'examen de plusieurs échantillons ne me permet pas même de maintenir cette détermination.

J'ai déjà fait remarquer qu'en cassant l'*am. bullatus*, qui d'ailleurs se rencontre à Crussol toujours dépourvue de sa chambre, on obtient une portion ombilicale qui paraît constituer une espèce nouvelle et qui a été assimilée par plusieurs auteurs à l'*am. tumidus*, soit à l'*am. Herveyi* lorsque l'individu était renflé, soit à l'*am. macrocephalus* lorsqu'il était déprimé.

J'ai constaté en outre, que les échantillons que j'ai recueillis à Crussol, présentent les lobes de l'*am. bullatus* que l'on rencontre dans l'oolithe ferrugineuse de la Nièvre, mais dont l'habitat spécial est situé immédiatement au-dessus de cette couche (1), c'est-à-dire à la base du calcaire blanc jaunâtre, au-dessous de l'oolithe qui correspond à l'oolithe de ***Minchinhampton***, et par conséquent au-dessous du bradforclay et du forest-marble.

En supposant même qu'il existât réellement une espèce ***tumidus***, on n'en sera pas moins conduit à la considérer comme bathonienne, puisque la société géologique l'a retrouvée dans la grande oolithe de la Nièvre.

L'*am. Backeriae* est, comme dans la tranchée de l'Aiguillon, très-abondante dans la couche ferrugineuse de Crussol; elle est accompagnée de l'*am. Sub-Backeriae*, avec ses oreillons, et de l'*am. arbustigerus*.

Quant à l'*am. tripartitus* citée par M. Lory, on sait qu'il existe dans l'oolithe inférieure une espèce très-voisine, *am. pygmaeus*, qui ne peut être distinguée de la première que dans le cas d'une parfaite conservation : c'est ce qui n'a pas lieu à Crussol.

(1) ***Raulin*** : texte explicatif de la carte géologique du département de l'Yonne; ***Cotteau*** : fossiles du département de l'Yonne; ***De Ferry*** : mémoire sur le groupe oolithique du Mâconnais; ***Ebray*** : Bulletin. Tom. XV, 2me série, p. 379.

Le tableau suivant donne les espèces sur lesquelles nous ne conservons aucun doute.

COUCHE *ferrugineuse* de **Crussol.**	OOLITHE *ferrugineuse* **d'Isenay** Couche transitoire.	PARTIE SUPÉR^{re} de *terre à foulon* **de l'Aiguillon.**	OOLITHE *ferrugineuse* du **Mâconnais.**
Am. Backeriae	Am. Backeriae	Am. Backeriae.	»
Am. arbustigerus	Am. arbustigerus	Am. arbustigerus	»
Am. linguiferus	Am. linguiferus	Am. linguiferus	»
Am discus.	Am. discus	Am. discus	Am. discus
Am. Martinsii	Am. Martinsii	Am. Martinsii	Am. Martinsii
Am. biflexuosus	Am. biflexuosus	Am. biflexuosus	»
Am. bullatus	»	Am. bullatus	»
Am. hecticus	»	»	»
Am. Parkinsoni	Am. Parkinsoni	Am. Parkinsoni	Am. Parkinsoni
Am. pseudo-anceps.	Am. pseudo-anceps.	Am. pseudo-anceps.	»

L'*am. anceps*, qui a été citée par quelques auteurs, se rapporte à deux espèces : 1° à l'*am. Parkinsoni*, 2° à une espèce voisine de celle-ci, qui se rencontre dans les bancs perforés de la terre à foulon des environs de Nevers, que je désigne par *pseudo-anceps* et dont je donnerai la description dans un travail que je prépare sur une série d'espèces nouvelles de cephalopodes. Le tableau nous montre que la couche ferrugineuse de Crussol est située sur l'horizon de la partie supérieure de la terre à foulon des environs de Nevers, de la couche ferrugineuse d'Isenay à collyrites ringens, et de cette même couche dans Saône-et-Loire.

A côté des ammonites qui sont surtout abondantes, se trouvent les brachiopodes suivants : *Rhyn. quadriplicata*, *Terebratula Phillipsii*, *Tereb. perovalis*, qui caractérisent la grande oolithe et l'oolithe inférieure.

Loin donc de voir dans la couche ferrugineuse de Crussol un représentant de l'étage callovien, nous y retrouvons la continuation d'une couche que nous avons suivie sur de grandes distances, et si les géologues ont été longtemps en suspens sur l'âge véritable de ce dépôt, c'est que, d'un côté, il faut reconnaître que les fossiles sont mal conservés, *qu'il existe des formes analogues soit au-dessus, soit au-dessous de l'oxford-clay*, et que surtout les observateurs ont abordé la question sans s'être entourés des renseignements stratigraphiques suffisants.

Les couches qui reposent sur la couche ferrugineuse se composent de petits bancs marneux subordonnés à des marnes.

Les bancs marneux contiennent de grosses ammonites qui se rapportent aux espèces *arbustigerus*, *planula et Backeriae*, qui caractérisent la grande oolithe ; nous avons déjà vu qu'à Mâcon tout l'étage bathonien est marneux; l'oolithe de *Lucenay*, l'oolithe de *Tournus*, les bancs oolithiques du *Forest-Marble*, y sont remplacés par une grande masse marneuse ; la seule différence qui existe entre le massif de la grande oolithe de Mâcon et celui de Crussol, c'est que, dans le premier, certains fossiles abondants dans le centre de la France s'y sont maintenus, tandis que la grande oolithe de *Crussol*, il est vrai moins puissante, ne recèle que les deux ammonites que nous venons de citer (1).

Au-dessus de ces bancs, viennent d'autres marnes au milieu desquelles le belemnite *hastatus* fait sa première apparition. Nous rapportons ces marnes à l'étage callovien. Elles sont recouvertes par des argiles bleues qui contiennent une grande quantité d'*am. cordatus*, *am. perarmatus*, *am. biplex*, *am. oculatus*; c'est la base de l'oxford-clay supérieur.

Puis viennent des marnes grises avec bancs argileux gris, dans lesquels l'*am. cordatus* n'existe plus, mais qui contiennent, avec les autres espèces de cephalopodes déjà citées, des indices de spongiaires; c'est la partie supérieure de l'oxford-clay, l'équivalent des calcaires oxfordiens.

(1) Nous ne voulons pas dire par là que toute la faune de la grande oolithe de Crussol se réduise à ces deux fossiles, nous espérons au contraire que les recherches futures augmenteront ce chiffre de nouvelles espèces qui certainement ne seront pas abondantes.

Enfin la montagne est couronnée, vers le nord, par les puissantes assises de la pierre de Crussol, si recherchée dans les constructions; elles ne contiennent pas de fossiles, mais elles correspondent par leur position aux calcaires lithographiques de la base du coralrag, aux calcaires oolithiques de *Châtel-Censoir*, aux calcaires lithographiques de *Morestel*, aux calcaires de même nature de *Saolenhofen*.

ÉTUDE DES ALLURES

DU TERRAIN HOUILLER DE DECIZE

Sous les terrains de recouvrement.

J'ai donné, dans une autre publication (1), des renseignements sur les causes qui ont fait surgir le terrain houiller de Decize au milieu d'affleurements triasiques et liasiques, en faisant remarquer qu'il était très-probable que cet affleurement ne représente que l'indice de l'existence d'une formation étendue qui se prolonge plus ou moins dans tous les sens, sous les terrains de recouvrement.

Je chercherai ici à soulever encore un peu le voile épais qui empêche de procéder d'une manière certaine dans l'étude du prolongement du terrain houiller de Decize, et à faciliter, de cette manière, les méthodes de recherches qui conduiront infailliblement, dans un avenir plus ou moins rapproché, à créer de nouvelles exploitations, si désirables sur ce point, dont la position industrielle avantageuse a déjà été bien saisie par des géologues distingués (1).

Dans ce genre de recherches, la vérité ne se fait jour que progressivement, car les données de la science ne peuvent servir qu'à examiner la question d'une manière générale, et si des tentatives de recherches

(1) Note sur le terrain houiller des environs de Decize (Nièvre), par Th. Ebray. Bulletin de la soc. géol. de France, 2me série, tom. XIX, page 615.

(1) Explication de la carte géologique de France, page 634, tom. I.

ne venaient pas, de loin et en loin, fournir de nouveaux jalons, la connaissance du prolongement d'un bassin aussi promptement recouvert, resterait à peu près stationnaire.

Nous commencerons donc par consigner les résultats des sondages exécutés autour de Decize jusqu'à ce jour, et nous combinerons ensuite ces résultats avec les données théoriques, pour arriver à un résultat utile.

Les sondages exécutés dans cette contrée sont, suivant leur ordre de date, le sondage de Verneuil, ceux de Charancy et de Bussières, celui de Rosières, celui de Saint-Maurice et ceux dernièrement exécutés par la société des recherches du Nivernais, à *Wanzé* et aux *Fourneaux*.

SONDAGE DE VERNEUIL.

Ce sondage fut installé en 1840, sous la direction de *Nérée-Boubée*, sur un lambeau de calcaire tertiaire; il fut rapidement abandonné et c'est à peine si le lias a été atteint.

SONDAGE DE CHARANCY.

Le sondage de Charancy a été établi par l'administration des mines, dans le but de reconnaître, à l'est de la concession de La Machine, de quelle manière le terrain houiller se prolonge dans cette direction. On trouve dans la description du bassin houiller de Decize, par M. Boulanger, la coupe détaillée de ce sondage; il suffit de remarquer ici que le terrain houiller a été atteint après avoir rencontré 10 mètres de terre végétale, 44 mètres de lias, 21^{m},50 de marnes irisées et 49^{m} de grès bigarrés et de grès rouges.

SONDAGE DE BUSSIÈRES.

Ce sondage, exécuté dans le même but que le précédent, a traversé d'abord 38 mètres de lias, 94 mètres de marnes irisées et de grès, puis il a atteint le terrain houiller qu'il a exploré sur 60 mètres d'épaisseur.

Ce dernier terrain se compose principalement de schistes noirs avec couches de grès subordonnées, dans lesquelles il ne s'est rencontré que quelques parties charbonneuses sans importance.

SONDAGE DE ROZIÈRES.

C'est le sondage de Rozières qui a atteint les plus grandes profondeurs, puisque la tarière a pénétré jusqu'à 395 mètres environ.

On rencontra 150 mètres de marnes irisées, 200 mètres de grès bigarrés, et c'est à peine si l'on reconnut quelques couches de terrain houiller à la profondeur de 370 mètres.

PUITS DE L'ADMINISTRATION.

L'approfondissement du puits de l'administration, dans lequel on a rencontré une nouvelle couche de houille à 80 mètres en contrebas de celle du Crot-Benoît, permet de donner la coupe suivante du terrain exploité à La Machine :

Couche de la *Haute-Meule*, 1m,30.

Terrain stérile, 20 mètres.

Couche de la *Basse-Meule*, 2 mètres.

Terrain stérile (puissance inconnue).

Couche dite premier *Blard*, 2 mètres.

Terrain stérile, 20 mètres.

Deuxième *Blard*, 2 mètres.

Terrain stérile, 80 mètres.

Couche du *Grot-Benoît*, 2m,30.

Terrain stérile, 80 mètres.

Couche nouvelle correspondant à la couche des *Marizis*, 1m,60.

SONDAGE DE WANZÉ.

Le sondage de Wanzé rencontra 7 mètres de terre végétale, 46 mètres de lias et d'infralias, 43 mètres de marnes irisées et 20 mètres de grès bigarrés et de grès rouges.

Le terrain houiller fut traversé sur plus de 100 mètres d'épaisseur et l'on ne constata que quelques faibles parties de substances charbonneuses.

Nous verrons plus loin que ce sondage, devant rencontrer la couche des Germignons, a été abandonné à tort.

SONDAGE DES FOURNEAUX.

Ce sondage qui vient d'être abandonné, a traversé 115 mètres de grès bigarrés et de grès rouges. En l'approfondissant, on n'aurait sans doute pas tardé de rencontrer la partie supérieure du terrain houiller, où les couches ne sont pas très-éloignées les unes des autres.

Nous savons que la direction des couches de La Machine et surtout les couches du système moyen et du système inférieur, décrivent une courbe dont la convexité est située vers le sud-ouest; vers le nord et vers le sud, la direction paraît devenir plus régulière et plus rectiligne, car les travaux ont suivi la couche *Blard* par une galerie de 2 kilom. de longueur, et se dirigeant de *La Machine* vers le *Fond-Judas*; l'inclinaison des couches est environ de 25 à 30° vers le sud-ouest.

J'ai montré, en outre, que la faille qui termine, vers l'ouest, l'affleurement du terrain houiller, présente une dénivellation de 400 mètres environ, tandis que vers l'est, la dénivellation de la deuxième faille n'est que de 70 mètres; ce dernier chiffre a été calculé au passage de la faille dans les terrains jurassiques, il pourrait présenter quelques variations impossibles à calculer dans son trajet au milieu des affleurements du terrain houiller du *Fond-Judas* et des environs de *Bussières*, attendu que les grès de ce terrain offrent à diverses hauteurs des aspects minéralogiques semblables.

Il existe dans la concession de La Machine, près le village des *Germignons*, des affleurements d'une couche de houille située bien au-dessous de la couche des Marizis; aucune donnée certaine ne permet de déterminer très-exactement l'épaisseur des terrains stériles qui séparent ces deux couches; cependant, en multipliant la longueur de l'affleurement de ces terrains par la pente par mètre, et en défalquant toutefois la partie située aux approches de la faille, dont l'inclinaison est anormale, on arrive à conclure que l'épaisseur des terrains stériles est au moins de 300 à 400 mètres.

Appuyés sur les données qui précèdent, nous pouvons examiner maintenant quelle peut être la disposition des couches de houille dans la vallée liasique de l'*Andarge*, si heureusement située en vue d'une exploitation industrielle.

La galerie de roulage de la couche *Blard* qui relie *La Machine* au *Fond-Judas*, en la supposant encore prolongée, passerait vers le confluent de l'Andarge et de l'Aron; et en tenant compte des altitudes relatives de La Machine et du confluent, on conclut que la couche Blard doit se rencontrer à ce dernier point vers 50 mètres de profondeur.

Mais la faille orientale change ce chiffre auquel il convient d'ajouter 70 mètres, ce qui porte la profondeur à 120 mètres.

La position de cette couche connue, celles des autres se déduiront facilement, puisque nous connaissons approximativement l'épaisseur des terrains stériles et l'inclinaison.

Le croquis (fig. 2), donne la manière dont les couches de houille doivent se succéder sous les terrains de recouvrement de cette vallée.

On comprend maintenant pourquoi les sondages de Bussières, de Charancy et de Wanzé ont traversé une grande épaisseur de terrain houiller sans rencontrer de houille ; c'est que la sonde avait pénétré dans le massif épais des terrains stériles qui séparent la couche des Germignons de la couche des Marizis ; on comprend aussi combien l'approfondissement de ces sondages eût été désirable, puisque deux points de la couche des Germignons étant connus, les allures de cette dernière auraient été parfaitement déterminées.

Nous faisons des vœux pour qu'une compagnie s'arme de la constance et des capitaux voulus pour transformer la vallée de l'Andarge, si heureusement située sous le rapport industriel, en un vaste centre de production de houille qui aura, à sa porte, un pays qui demande de la chaux pour chauler, du charbon minéral pour transformer le minerai de fer, et une vaste capitale dont il deviendra un des centres d'approvisionnement.

Nevers, typ. de P. Bégat.

Fig 1

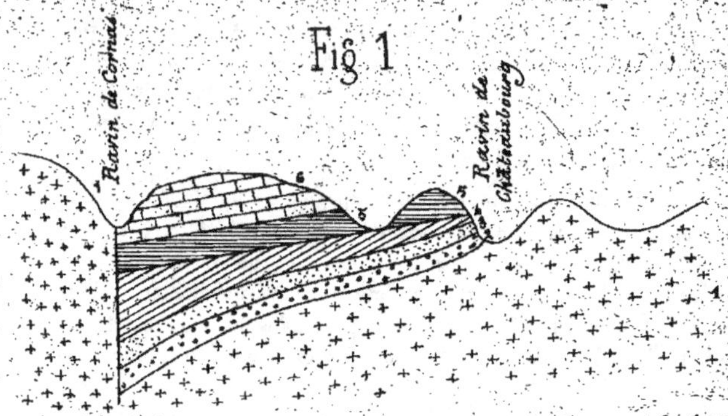

1. Granite — 2. Grès infraliasiques et infralias — 3. Série liasique composée de grès et de calcaires magnésiens — 4. Système oolithique inférieur — 5. Oxford-clay 6. calcaires lithographiques de la base du Coralrag.

Fig. 2.

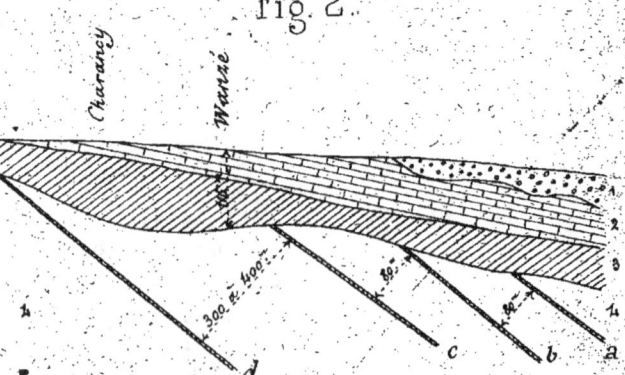

1. Terrain tertiaire — 2. Lias et infralias — 3. Marnes irisées, grès bigarrés et grès rouges — 4. Terrain houiller.

a. Couche [...] — b. Couche du Crot-benoit — C. Couche des M[...] — d. Couche des Germignons.

Autog. AP Simonnet

Fig. 1

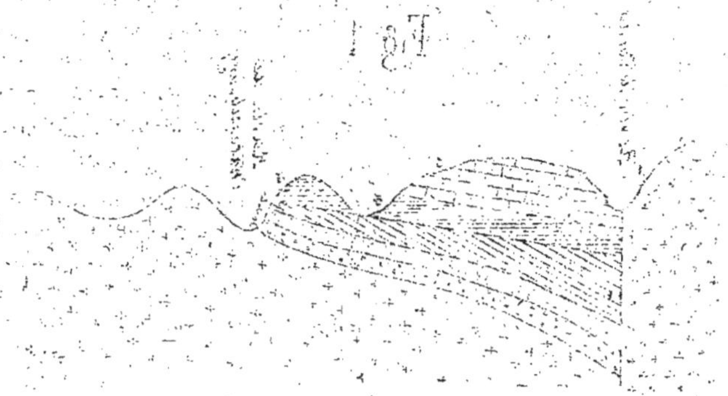

1. Granite — 2. Grès infraliasique ... — 3. ... — ... magnésiens — 4. ... — 5. Oxford clay ... — ... lithographique de la base du Corallien.

Fig. 2

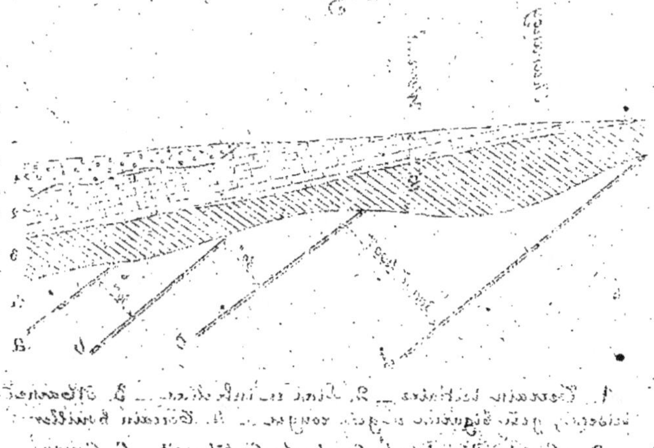

1. Terrain tertiaire — 2. Lias et infralias — 3. Marnes irisées, grès bigarré, grès rouge — 4. Terrain houiller.

a. Couche ... — b. Couche du ... — c. Couche des ... — d. Couche des ...

Lith. ...

www.ingramcontent.com/pod-product-compliance
Lightning Source LLC
Chambersburg PA
CBHW061640180626
46818CB00005B/2436
* 9 7 8 2 0 1 3 0 0 8 3 7 2 *